SOPA DE LIBROS

Juan Ignacio Luca de Tena, 15. 28027 Madrid
www.anayainfantilyjuvenil.com
e-mail: anayainfantilyjuvenil@anaya.es

Primera edición, abril 2007

Diseño: Manuel Estrada

ISBN: 978-84-667-6267-0
Depósito legal: M. 16580/2007

Impreso en ANZOS, S. A.
La Zarzuela, 6
Polígono Industrial Cordel de la Carrera
Fuenlabrada (Madrid)
Impreso en España - Printed in Spain

Las normas ortográficas seguidas en este libro son las establecidas por la Real Academia Española en su última edición de la *Ortografía*, del año 1999.

Shua, Ana María
Este pícaro mundo / Ana María Shua ; ilustraciones de Noemí Villamuza . — Madrid : Anaya, 2007
112 p. : il. n. ; 20 cm. — (Sopa de Libros ; 119)
ISBN 978-84-667-6267-0
1. Pícaros 2. Ingenio. 3. Fábulas I. Villamuza, Noemí, il.
087.5 : 82-3

Este pícaro mundo

SOPA DE LIBROS

Ana María Shua

Este pícaro mundo

Ilustraciones de Noemí Villamuza

ANAYA

LOS MUY PÍCAROS

Encantadores y peligrosos, reyes del timo y caballeros de la gracia, los pícaros son parte de este mundo desde que existe el lenguaje humano: es decir, la posibilidad de bromear y de mentir.

No hay pueblo que no tenga los suyos, muchas veces encarnados en animales. El zorro, por su habilidad para hacerse el muerto, ha sido considerado un animal astuto por excelencia en toda Europa. Pueblos tan alejados como los sioux, indígenas norteamericanos, y la tribu africana de los ashanti consideran a la araña como el más inteligente de los animales, quizás por su habilidad para tejer sus intrincadas telas. La tortuga, con su capacidad de esconderse dentro de su caparazón, hace picardías entre los indios guaraníes de América del Sur, con el nombre de Jabuti. Y para los yorubas, de África, es el tramposo y divertido Ijapa.

Los esclavos negros llevaron consigo su equipaje de cuentos y leyendas, y fue así como Anansi, la pícara araña yoruba, cruzó el océano, y sus cuentos forman parte del folclore de Jamaica. Lo mismo pasó con Leuk, la liebre, que se convirtió en Estados Unidos en el Hermano Conejo.

Muchos pícaros, antes de pasar a la leyenda, fueron personajes históricos, como Choja, Nasrudim Avanti o Bertoldo. Todos ellos formaron parte de la corte de hombres poderosos, donde eran un poco bufones y otro poco consejeros. El gran pícaro hispanoamericano es Pedro Urdemales, que nació en España, pero se instaló en América, siempre listo para burlarse de los hacendados y los alcaldes.

Esta es una característica muy típica de nuestros personajes: el desafío al poder. Pobres de solemnidad, sus trampas y picardías apenas les bastan para ganarse el pan. Pero con sus bromas ponen en evidencia las injusticias sociales y la codicia de los poderosos.

Hay que reconocer que algunos pícaros son casi sabios. Un caso especial es el de Nasrudim Avanti, que recorre con su burro desde la China hasta los Balcanes, paseando sus cuentos por todo el Cercano Oriente. Todas sus picardías dejan también alguna enseñanza.

Y ahora, si van a seguir leyendo este libro, no se distraigan ni se dejen confundir y, sobre todo, presten mucha atención a sus bolsos y bolsillos. Con ustedes, charlatanes, simpáticos y grandes amigos de lo ajeno, los pícaros de este mundo.

HÍGADO DE LIEBRE

Cuento coreano

El rey Dragón del Océano Oriental había caído presa de una extraña enfermedad. El médico real, incapaz de encontrar la cura, decidió llamar en consulta a los mejores doctores de todo el mundo submarino. Uno por uno los médicos auscultaron el pecho real, buscaron los reflejos de las reales rodillas, examinaron la real garganta. Después se reunieron en un rincón de la cámara real a discutir los reales síntomas. Finalmente rodearon la cama del rey y el médico del palacio habló en nombre de todos.

—No hay cura para Su Alteza Real... —comenzó a decir.

Y los cortesanos tragaron saliva porque sabían lo que venía a continuación.

—Si yo muero, ustedes mueren conmigo —interrumpió el rey, con un murmullo de enfermo pero todavía enérgico.

—Quiero decir que no hay cura en vuestro reino submarino... —los cortesanos suspiraron con alivio—. Lo único que puede curar a Su Majestad es comer el hígado fresco y rojo, recién arrancado, de una liebre.

—Traigan esa liebre —ordenó el rey, con un acceso de tos cavernosa.

—Pero Su Alteza —dijo el médico—. Nosotros somos seres submarinos, y no podemos sobrevivir sobre la tierra...

—Tonterías. Hay alguien aquí que sí puede.

Los cortesanos se miraron entre ellos. ¿Quién era? Entonces se escuchó un ruido de pasos muy lentos que avanzaba hacia el rey mientras todos se abrían para dejar paso a la vieja tortuga.

—Yo puedo ir —dijo la tortuga—. Pero nunca vi una liebre en toda mi larga vida. ¿Cómo la voy a reconocer?

El rey Dragón llamó inmediatamente a los pintores de la corte. Por supuesto, tampoco ellos habían visto una liebre. Pero los médicos podían describir el animal con todo detalle, y así los pintores pronto obtuvieron el retrato de un animal peludo, de largas orejas, nariz rosada y labio partido: una perfecta liebre.

Con el retrato bien guardado debajo de su caparazón, la tortuga salió del palacio y se echó a nadar. Estaba muy lejos de la costa y nunca hubiera llegado si no fuera porque conocía muy bien los caminos del mar, con sus corrientes submarinas y sus mareas. Después de varios días de nadar, remar, flotar, llegó por fin a tierra firme. Era un día hermoso y la tierra estaba colmada de criaturas vivientes de todas formas y tamaños. La tortuga, que era muy cuidadosa, miraba a todas y cada una con atención, comparándolas con el retrato. Vio pájaros, abejas, lombrices, mariposas, ratas, serpientes y zorros, pero ninguno se parecía a una liebre.

Finalmente, desde lo alto de una colina, divisó un animal de pelo castaño y largas orejas y reconoció inmediatamente al personaje del retrato. Pero cuando se lanzó colina abajo, resbalando y rebotando en su caparazón, lo único que consiguió fue asustar a la liebre, que escapó pegando saltos.

Sin embargo, las liebres son tan asustadizas como curiosas. Mientras la tortuga, que había aterrizado patas arriba, luchaba por enderezarse, la liebre se fue acercando poco a poco, cada vez más confiada al darse cuenta de que no había ningún peligro. La tortuga se había metido adentro de su caparazón para descansar un rato cuando sintió que golpeaban como quien golpea la puerta y asomó la cabeza.

—¿Quién es usted? —preguntó la liebre.

—Soy Tortuga, del Océano Oriental, y usted, por lo que me contaron, debe ser la famosa Liebre. ¡Qué emoción, tener la oportunidad de conocer a alguien tan importante!

La liebre era muy vanidosa pero así y todo le parecía un poco raro que Tortuga hubiera cruzado todo el mar solo para conocerla.

—¿Y qué hace por aquí, tan lejos de su casa? —preguntó.

—Bueno, aparte de conocerla a usted, me habían hablado tanto de la vida en la tierra... Quise compararla con el fondo del mar, que conozco bien.

—¿Y cómo es el fondo del mar? —preguntó, curiosa, la liebre.

—¿Cómo? ¿Usted no conoce el mundo submarino? ¡Increíble! Por favor, hágame usted el honor de venir conmigo. ¡Verá maravillas que ni siquiera puede imaginar!

—Pero los animales de la tierra no pueden entrar al mundo submarino...

—Los animales comunes quizás no. ¡Pero usted! ¡La Gran Liebre! Yo puedo llevarla sin problemas. Piense en las aventuras que tendrá para contar a la vuelta...

Y, pensando en la envidia que le iban a tener todos sus amigos, la liebre se decidió. Se montó sobre el lomo de la tortuga y allá fueron. Apenas tuvo que retener el aliento durante la zambullida.

Pronto los misterios del mundo submarino se abrieron para ellas y la liebre, sana y salva, empezó el viaje increíble hasta el palacio del rey.

Cuando llegaron, la libre no podía creer en sus propios ojos. Las paredes de coral, los muebles de nácar, el suelo tapizado de perlas, los peces-espada montando guardia en la puerta... Tocando las trompetas, los atunes anunciaron su llegada.

—¡La liebre está aquí! ¡Paso a la liebre!

—¿Cómo? —preguntó la liebre sorprendida—. ¿Me esperaban?

—Por supuesto —contestó la tortuga—. No siempre tenemos visitas tan importantes. El mismísimo rey Dragón está ansioso por recibirnos.

Mientras la tortuga se adelantaba para preparar el encuentro, la liebre se quedó esperando en un largo pasillo nacarado. Un grupo de anguilas jugaba a trenzarse y destrenzarse.

—¿Saben que tengo audiencia con el rey Dragón? —les dijo, muy orgullosa.

—¡Por supuesto! —le contestaron las anguilas—. El rey te está esperando. ¡Se muere por verte!

—Claro que sí —dijo un pulpo que pasaba por ahí—. Nada en el mundo le interesa tanto al rey como la liebre.

Y, atrapándola con uno de sus tentáculos, la arrastró con él hasta la Sala del Trono.

—Su Majestad —dijo el pulpo—. Aquí le traigo una liebre con su hígado rojo y fresco.

Por primera vez, la liebre se dio cuenta de que algo andaba mal y sus largas orejas comenzaron a temblar.

—Bienvenida —dijo el rey Dragón—. Seré breve. Para curarme, debo comer tu hígado. No lo lamentes. Salvar la vida del rey Dragón es un gran honor. Es mucho mejor que morir cazada por un hombre o un zorro. Te prometo un buen funeral. Tendrás incluso un pequeño monumento para recordar tu hazaña.

Desesperada, la liebre trató de ocultar su pánico. Para ganar tiempo, hizo una larguísima reverencia. Cuando levantó la cabeza, miró al rey con humilde sinceridad.

—Su Majestad me honra —dijo—. Solo que hay un pequeño problema. Vine sin el hígado.

—No te burlarás de mí —rugió el rey—. Nadie puede vivir sin hígado.

—Pero, Señor —continuó la liebre—. Como usted sabrá, mi hígado posee grandes poderes curativos, y por eso mismo tiene siempre mucha demanda. Se imagina que no puedo llevarlo encima así como así. Lo uso sobre todo por la noche y durante el día lo tengo escondido. Si la tortuga me hubiera dicho que usted lo necesitaba...

—¡Ningún animal puede ponerse y sacarse el hígado! —rugió el rey. Y los cortesanos del fondo del mar aprobaron con un murmullo. Pero, sin embargo, todos empezaban a dudar.

—Observe, Majestad —dijo la liebre—. Ningún animal tiene el labio superior partido como el mío. Esto es para que pueda sacarme el hígado por la boca con más facilidad.

Todos los cortesanos se inclinaron para observar mejor el labio partido en dos de la liebre.

—No hay un instante que perder, Su Alteza. ¡Ordene a la tortuga que me lleve de vuelta a tierra firme, al mismo lugar donde me encontró! Debo traer mi hígado cuanto antes, su vida está en grave peligro.

—Tortuga —ordenó el rey, tosiendo otra vez—, ve a buscar el hígado de la liebre y vuelve lo antes posible.

La tortuga y la liebre se fueron inmediatamente. Tardaron varios días en llegar a tierra firme. Apenas vio las plantas, los insectos, las aves, la liebre saltó del lomo de la tortuga y se puso a bailar de alegría. Sin parar de reír, se escapó dando saltos.

La tortuga comprendió que la pícara liebre los había engañado. Y supo que nunca podría atrapar otra: en unos instantes, todas las liebres del mundo estarían pasándose el mensaje de alerta. Desesperada, se echó a sollozar.

—Admiro tu lealtad a tu rey —se oyó de pronto.

Era una voz profunda que resonaba con extraño acento. Un dios con una larga barba y coloridas vestiduras se inclinaba sobre la pobre tortuga.

—Estas son raíces de ginseng. El rey Dragón solo debe comerlas para recuperar la salud.

Y así fue. Desde entonces el pueblo de Corea ha usado las raíces de ginseng para curar a los enfermos y para mantener la salud. La tortuga es el ministro de más alto rango en la corte del rey Dragón. Y la liebre todavía debe andar riéndose por ahí.

LA ARAÑA QUE COMPRÓ LOS CUENTOS

Cuento de los ashanti, pueblo africano

Cuando empezó el universo, los cuentos pertenecían a Nyame, el dios del Cielo. Anansi, la araña, los quiso comprar.

—Los cuentos son valiosos y pido mucho por ellos —le advirtió Nyame—. Se los daré a quien me traiga a Mmboro, las avispas, a Onini, la gran serpiente pitón y a Osebo, el leopardo.

—Puedo hacerlo —dijo Anansi.

Cuando llegó a su casa, arrancó una calabaza pequeña y le hizo un agujero. Después tomó una calabaza grande y la llenó de agua. Y empezó a tirar agua sobre el árbol donde vivían las avispas, para hacerles creer que estaba lloviendo. Se puso la calabaza en la cabeza y gritó a las avispas.

—¡Qué hacen, tontas! ¡Llueve a cántaros! ¡Protéjanse como yo!

—¿Y adónde podemos ir? —preguntaron las avispas.

—Métanse aquí —les dijo Anansi, ofreciéndoles la calabacita más pequeña.

Y, cuando las avispas entraron por el agujero, Anansi lo taponó con una bola de hierbas.

—Aquí que te entrego a Mmboro, las avispas —le dijo poco después a Nyame, entregándole la calabacita.

—Gracias —dijo Nyame—. Todavía faltan dos cosas.

Anansi volvió a la selva. Cortó una larga caña de bambú y varias lianas muy fuertes y fue a ver a la Onini, la temible serpiente pitón.

—Mi mujer dice que Onini es más corta que una caña de bambú. Y yo estoy seguro de que no es así —comentó.

—Para qué discutir cuando es tan fácil saber la verdad —le dijo Onini—. Trae la caña y tomaremos la medida.

Anansi colocó la caña en el suelo y la serpiente se tendió al lado.

—Me parece que te estás quedando corta —dijo Anansi.

La serpiente se estiró todo lo que pudo.

—A ver. Es que al estirarte de un lado, te acortas del otro. Déjame atarte por un extremo, así no te deslizarás.

Y, como Onini estuvo de acuerdo, Anansi le ató la cabeza a la caña de bambú. Después fue al otro extremo y le ató la cola. Y a continuación la ató muy bien por todas partes con las fuertes lianas.

—Onini —dijo Anansi—. Ya veo que mi mujer tenía razón. Pero no solo eres más corta; también eres más estúpida que una caña de bambú.

Y así, bien atada, Anansi entregó la serpiente pitón al dios del Cielo.

Para atrapar al leopardo, Anansi cavó un pozo y lo disimuló con ramas y hojas. Esa misma noche oyó el ruido del leopardo cayen-

do en la trampa. «Ah, Osebo», pensó, «eres medio tonto».

—Osebo —le dijo por la mañana—. ¿Qué haces en el fondo del pozo?

—¡Sácame, sácame! —gritó el leopardo.

Anansi tiró del tronco de un arbolito, doblándolo hasta hacerlo inclinar, lo ató al suelo y le alcanzó a Osebo el otro extremo de la cuerda.

—Osebo, si te atas bien te sacaré del pozo.

—¡Sácame, sácame! —rugió el leopardo—. ¡Ya estoy bien atado!

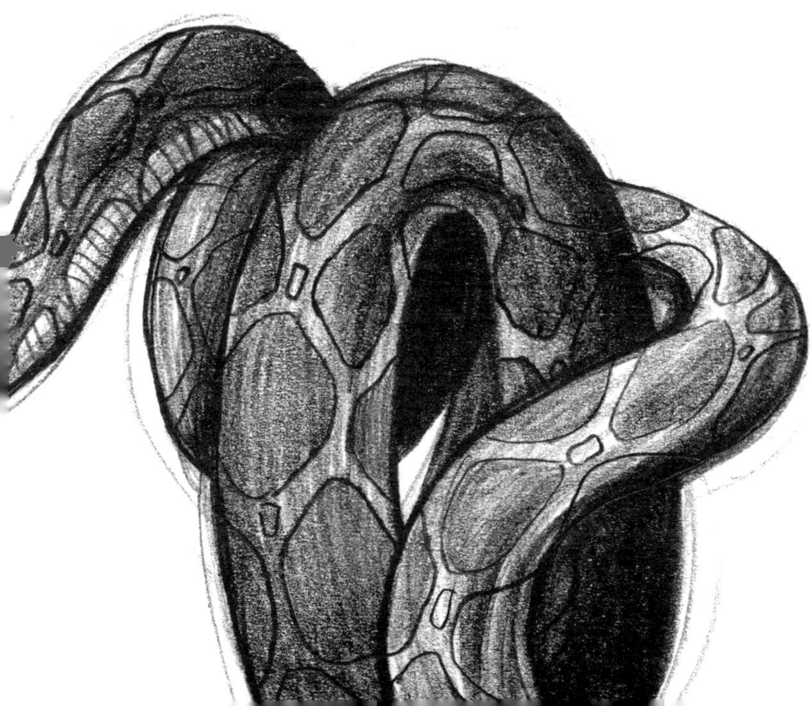

—Cuando caíste en el pozo, pensé que eras medio tonto —dijo Anansi—. Pero ahora sé que eres tonto del todo.

Y, cortando la cuerda, dejó al leopardo colgando boca abajo, atado a la copa del árbol. Lo mató, y llevó su cadáver a Nyame.

—Kwaku Anansi —dijo el dios del Cielo—. Ni los mejores guerreros podrían pagarme ese precio. Te daré mis historias. De ahora en adelante, todos los cuentos de este mundo te pertenecen. Cada vez que un hombre cuente un cuento, debe recordar que es de Anansi.

Y así se convirtió la araña en la dueña absoluta de todos los cuentos de este mundo.

El cuento de Iván

Cuento ruso

La madre de Iván era una habilidosa campesina rusa que hilaba como ninguna. Iván se fue al mercado con dos madejas para vender. Pero este buen muchacho no había heredado la capacidad de trabajo de su madre: ganó diez rublos con la venta, y de los bolsillos ajenos sacó noventa. Iván no era un ladrón. Se las arreglaba para quedarse con el dinero ajeno con tanta picardía que hasta sus víctimas quedaban contentas.

Muy satisfecho, Iván compró unos deliciosos panecillos dulces, los untó con miel y se volvió a su casa comiendo por el camino, de tan buen humor que aprovechaba para silbar cada vez que no tenía la boca llena. De pronto se cruzó con un noble señor feudal, que venía en una carroza tirada por cuatro caballos negros.

—¿No te estás dando demasiados lujos para ser un campesino? —dijo el noble, al ver a

Iván—. Los panecillos ya son bastante dulces, no hace falta que gastes en miel.

—Vengo de hacer buenos negocios en la feria —contestó Iván—. Y todavía puedo sacarte doscientos rublos más.

—Quisiera ver eso —dijo, despreciativo, el noble.

—Lo que te propongo es muy simple. Voy a contar un cuento. Si mientras hablo me interrumpes diciendo «¡mentira!», tendrás que darme el dinero. Y, si aguantas sin acusarme de mentiroso, puedes hacer conmigo lo que quieras.

El hombre sintió curiosidad. Quedarse callado le pareció muy fácil. Era una buena oportunidad para bajarle la cresta a ese campesino deslenguado que no tenía respeto por sus superiores y se atrevía a tutearlo. Iván empezó con su cuento.

—Una vez, cuando era pequeño, fui a un bosque y encontré un agujero en un árbol, donde había hecho su nido un pavo asado. Quise meter la mano en el agujero, pero no entraba; traté de meter una pierna, pero no entraba. Entonces pegué un salto y me metí entero. Comí hasta hartarme y quise marcharme, pero no podía porque había engordado de tanto comer y el agujero era pequeño. Como no soy tonto, corrí a mi casa, traje un hacha, ensanché el agujero y pude salir. Entonces noté que tenía sed. Llegué al mar, me quité la calavera, la llené de agua y bebí. Todo habría marchado bien, solo que se me cayó la calavera al agua y se fue flotando hasta más allá de las olas. Unas gaviotas hicieron allí sus nidos y pusieron huevos. ¿Qué hacer? Decidí prenderle fuego al mar. Los huevos se escaparon volando y los peces, para no quemarse, treparon a los árboles de la orilla. Cuando el mar se quemó por completo, pude encontrar mi calavera y me fui a recorrer el mundo.

—Cuánta verdad hay en tus palabras —comentó sonriendo el noble—. Hasta ahora, todo lo que has contado es cierto y muy cierto.

—Fui al bosque a cortar leña —siguió Iván— y, mientras andaba de aquí para allá, los lobos le abrieron la panza a mi pobre caballo. Le metí otra vez las tripas adentro de la panza y le cerré la herida atravesándola con una varita de abedul. Luego cargué el carro de leña y arreé al caballo, pero él no se movió de su sitio. ¡Cosa extraña! Es que el palito de abedul había echado raíces y había crecido tanto que casi tocaba el cielo. Trepé por el abedul hasta el cielo y desde allí pude ver todo el mundo.

El noble no hacía más que asentir con la cabeza, mientras sonreía muy divertido con la sarta de disparates que contaba Iván, pensando que sería facilísimo ganar la apuesta. Esos campesinos podían pasar como listos en la feria de la aldea, pero nunca harían caer en sus trampas a un hombre educado como él.

—Después de un rato —siguió Iván—, pensé que era hora de bajar, pero el caballo se había movido de su lugar y había derribado el árbol. ¿Cómo descender? Con polvo y hollín trencé una cuerda, la até a una nube y empecé a bajar. Así fui bajando, bajando, hasta que se me terminó la cuerda. Entonces corté un trozo de arriba y lo empalmé abajo, y así, cortando la parte de la cuerda por la que ya había bajado y atándola al final, seguí hacia abajo. Pero al fin llegó un momento en que no quedaba nada para cortar y la tierra todavía estaba lejos. El viento soplaba con tanta fuerza que me empujaba de un lado para el otro... La cuestión es que la cuerda se rompió y yo fui a parar al Infierno. Ni sé cómo pude escapar de allí... De verdad, noble señor, estuve en el Infierno y allí precisamente fue donde vi a tu padre. ¡Cómo gritaba y maldecía el pobre viejo! Lo tenían enganchado a un carro lleno de estiércol como castigo por haber matado a golpes a tu abuela...

—¡Mentira! ¡Lo que dices es mentira, estúpido infeliz!

Iván cobró alegremente los doscientos rublos de la apuesta y se volvió a su casa.

Beppo nunca se enoja

Cuento italiano

En una casita humilde al final de la aldea, vivía un pobre campesino que no tenía ni siquiera un poco de tierra propia para cultivar. Él y sus dos hijos siempre habían trabajado en campos ajenos y, cuando murió, todo lo que pudo dejarles fueron veinte monedas de plata a cada uno.

Cuando Pippino y Beppo contaron las monedas que su padre había conseguido reunir después de toda una vida de trabajar de sol a sol, se dieron cuenta de que no tenía sentido repetir la misma historia. Y decidieron salir por el mundo a buscar fortuna. Pippino, el mayor, fue el primero en irse.

—Espérame aquí —le pidió a su hermano—. Si me va bien, te mando llamar. Si me va mal, al menos tengo adonde volver.

Con un atado en el que llevaba un poco de pan, queso y un buen salame, más las veinte monedas que le dejó su padre, Pippino caminó durante tres días, bebiendo agua de los arroyos, hasta agotar las provisiones. Por fin llegó a un pueblo y empezó a preguntar si alguien necesitaba un mozo para trabajar en el campo. Le indicaron la casa del alcalde, con unas risitas que Pippino no supo entender.

El alcalde estaba tomando el fresco en la puerta.

—Me dijeron que usted me podría dar trabajo —dijo Pippino.

—Según y depende —contestó el alcalde—. ¿Qué llevas en ese bolsillo?

—Son veinte monedas que me dejó mi padre.

—Veinte monedas es muy poco. Pero yo tengo otras veinte. Si tuvieras cuarenta ya te podrías comprar una vaca. Te propongo un trato: vienes a trabajar conmigo, pero el primero que se enoje pierde su dinero.

Pippino estuvo de acuerdo y se fueron a ver el campo que tendría que labrar al día siguiente.

—Tienes que empezar al amanecer. No pierdas tiempo con el desayuno y el almuerzo: la comida te la mando yo.

Esa noche, después de una buena cena, Pippino durmió en el granero del alcalde. Al despuntar el día, ya estaba en el campo, labrando la tierra. Era una tarea muy dura, pero Pippino estaba [redacted] acostumbrado. A lo que nadie se acostumbra es a no comer. Cuando el desayuno prometido no apareció, Pippino sintió que sus tripas empezaban a protestar. La hora del almuerzo llegó y pasó sin novedades. Pippino estaba tan hambriento y malhumorado que tenía ganas de matar a alguien.

Estaba cayendo el sol cuando por fin llegó la vieja criada del alcalde y se puso a contar una larguísima historia acerca de su demora. Que había tenido que pelar una gallina para el almuerzo, que le habían pedido un postre que llevaba dos horas de batido... A Pippino se le hacía agua la boca y hubiera querido gritarle que se callara de una vez, pero se acordaba de la apuesta y trataba de controlarse.

Por fin la mujer sacó del cesto una olla de la que salía un olorcillo delicioso y un frasco de vino. Pero cuando Pippino trató de abrir la olla, no hubo manera de sacar la tapa, que parecía pegada con cemento.

—Es que la cerramos bien para que no se enfríe... —decía la vieja, haciéndose la tonta.

Por supuesto, con el frasco pasó exactamente lo mismo.

—Es que lo cerramos bien para que no se caliente... —decía la criada.

Al fin, con el hambre y el cansancio, Pippino perdió la cabeza y se puso a insultar a la vieja con más palabras de las que tiene el diccionario. Se fue directamente a la casa del alcalde y a gritos lo hizo salir. El alcalde apareció contentísimo, frotándose las manos.

—¿Pero cómo, Pippino? ¿No me digas que estás enojado? ¿Y tus veinte monedas?

—¡Así se vayan al quinto infierno usted y las malditas monedas! —gritó Pippino.

Tres días después, hambriendo y agotado, Pippino estaba otra vez en su casa, contándole sus desventuras a su hermano.

—Hermano, si voy yo, te traigo de vuelta tus monedas y la mitad de la fortuna de ese alcalde desgraciado.

Pippino tenía miedo de que Beppo perdiera los últimos dinerillos que les quedaban. Pero después de todo, ¿qué podían hacer con tan poco? De modo que le indicó cómo llegar al pueblo de sus desdichas.

Beppo entró en el pueblo, preguntó por el alcalde y enseguida se dio cuenta, por la reacción de la gente, de que ese era el trato que el hombre acostumbraba a darles a todos los forasteros que venían a pedir trabajo.

Cuando se encontraron, Beppo subió la apuesta:

—Señor alcalde, estas veinte monedas son todo lo que tengo. Solo estoy dispuesto a apostarlas si usted arriesga diez veces esa suma.

—¿Y por qué habría de aceptar semejante trato? —preguntó el alcalde.

—Porque el dinero del pobre vale diez veces más que el dinero del rico.

Al alcalde le hizo gracia la respuesta de Beppo. Se sentía tan seguro de sí mismo que hubiera apostado mil veces más.

Esa noche, en la cena, Beppo, disimuladamente, se llenó los bolsillos de pan, queso y jamón. A la mañana siguiente, bien temprano, salió a labrar el campo. Por supuesto, nadie vino a traerle el desayuno, pero a Beppo no le importó. Comió parte de lo que se había llevado de la cena y, como tenía sed, se fue hasta la casa de unos campesinos, donde se presentó como el nuevo servidor del alcade y pidió de beber. Los campesinos lo trataron muy bien, le dieron un tazón de vino y una bota de cuero llena para llevarse con él al campo. Cuando llegó la hora del almuerzo, Beppo, que no esperaba a la criada, comió otra vez, bebió en abundancia y se echó a dormir una siesta. Al anochecer llegó por fin la vieja y, para su sorpresa, se lo encontró

cantando a todo pulmón. Parecía muy contento y de buen humor.

El sistema de la olla con la tapa pegada no fallaba nunca. Pero Beppo tomó la olla, trató de destaparla y lanzó una carcajada.

—Muy bien, muy bien, veo que la taparon así para que no se enfríe.

Con un golpe de azada rompió la tapa y se tomó la sopa. Cuando no pudo abrir la botella de vino, rompió el pico y se lo tomó.

—Dígale al señor alcalde que le agradezco mucho —le dijo a la vieja, que lo miraba con asombro.

Esa noche Beppo no hacía más que reírse y hacer bromas a la hija y a la mujer del alcalde, que estaba cada vez más nervioso.

—¿Qué trabajo hay que hacer mañana? —preguntó por fin.

—Tienes que llevar mis cien cerdos a vender al mercado. Irás con mi vieja criada. Ella se encargará de hacer el trato y recibir el dinero.

Arrear cien cerdos hasta el mercado no era tarea para una sola persona, pero Beppo había trabajado en el campo toda su vida y se las arregló bien. Por el camino iba conversando y riendo con la vieja y a cada rato la convidaba al vino de su bota. Cuando se detuvieron para almorzar, Beppo se aseguró de que su acompañante comiera y bebiera en abundancia y después le propuso echar una siesta antes de continuar el camino.

En cuanto Beppo vio que la mujer roncaba plácidamente, se fue con los cerdos para el mercado lo más rápido que pudo.

A la primera oferta vendió todo, menos una marrana enorme. Los entregó a un precio muy bajo, pero con una condición: que el comprador le dejara cortarles los rabos. Beppo se guardó la plata en el bolsillo, se fue al campo, con una azadita abrió noventa y nueve pozos en la tierra y allí enterró los rabos, dejando afuera el rizo, que sobresalía como una plantita. Después cavó una fosa muy grande, metió a la marrana, y la enterró, dejando afuera solo el rizo del rabo.

Frente a la casa del alcalde, se puso a gritar:

—¡Rápido, rápido, señor alcalde, venga, que los cerdos se están cayendo al precipicio!

El alcalde corrió al campo, guiado por Beppo.

—¡Qué terrible, señor alcalde! ¡Llegué hasta aquí, y de repente veo que los cerdos se empiezan a meter adentro de la tierra! ¡Se están hundiendo en el Infierno! ¡Tire, tire de los rabos a ver si consigue sacar alguno!

El alcalde empezó a tirar de los rabos, pero se le quedaban en la mano. En cambio Beppo tiró del rabo de la marrana y de a poco la fue sacando entera y viva. El pobre animal gritaba como mil demonios.

El alcalde estaba por estallar de furia, pero se acordó de la apuesta y se controló.

—En fin, mala suerte—dijo, resoplando de odio—. Mañana me ayudarás a llevar mis cien ovejas al mercado. Yo mismo iré contigo.

Esa noche, Beppo se puso de acuerdo con uno de los criados, un hombre que trabajaba desde hacía años en la casa del alcalde y contaba con la confianza de su amo. Con el dinero que había ganado en la venta de los cerdos, le pagó tan bien que el pobre hombre no sabía cómo agradecerle. Aunque lo despidieran, iba a poder irse para siempre de allí y hasta comprar un poco de tierra o una pequeña tienda en algún pueblo.

A la mañana siguiente el alcalde mismo fue con Beppo a llevar las ovejas al mercado. Estaban a medio camino y no pensaban detenerse, cuando el criado del alcalde llegó corriendo con la cara palidísima.

—¡Señor alcalde, una gran desgracia! ¡Su casa se está incendiando! ¡Su mujer y su hija están dentro!

El alcalde no dudó ni un segundo. Sin acordarse siquiera de sus cien ovejas, salió a escape hacia su casa, con la esperanza de salvar a su familia del fuego.

Entretanto Beppo llegó al mercado con las ovejas y las vendió inmediatamente, a la primera oferta, y se quedó con una sola, que era coja.

Después volvió al campo del alcalde, tomó una escalera muy larga, la apoyó contra un árbol, subió llevando a cuestas a la oveja coja y

la ató a una rama bien alta. Frente a la casa del alcalde, que por supuesto no se había incendiado en absoluto, se puso a gritar.

—¡Corra, señor alcalde! ¡Venga rápido! ¡Sus ovejas se van al cielo!

Cuando vino el alcalde, harto de bromas y rojo de furia, Beppo le señaló la oveja que estaba en la copa del árbol.

—Señor alcalde, estaba aquí con las ovejas cuando de pronto las veo saltar a todas por el aire, hacia arriba, ¡como si las hubieran llamado del Paraíso! Esta pobrecita, que es coja, saltó también, pero no tuvo suerte y se quedó ahí, en esa rama.

Esta vez el alcalde no se pudo contener. Estalló de furia. Insultó a Beppo de pies a cabeza con las peores palabrotas. En el fondo, se daba cuenta de que era mejor perder la apuesta con tal de librarse de una vez de ese personaje tan peligroso. Le entregó las doscientas monedas convenidas y decidió acompañarlo él mismo hasta el camino para evitar que hiciera alguna otra trastada.

Beppo iba silbando feliz. El alcalde se dio cuenta de que tenía puesto su calzado de entrecasa, muy poco adecuado para caminar por los campos, y quiso darle una orden más a ese orgulloso bribón.

—Beppo, ve a la casa y tráeme las botas.

Beppo llegó a la casa del alcalde, donde estaban asando dos gallinas para la cena, y le exigió a la criada que se las entregase, por orden del alcalde.

—¿Está seguro, don Beppo? —le preguntó la mujer—. Pero ¿para qué las quiere?

—Ah, eso no lo sé, creo que piensa ir a comer a casa de un amigo y querrá llevarlas de regalo.

Y a gritos le preguntó por la ventana al alcalde, que se acercaba, preocupado por su tardanza.

—Alcalde, ¿le llevo una o las dos?

—¡Pero las dos, por supuesto, hombre! ¿Qué voy a hacer con una sola?

En cuanto tuvo las dos gallinas, Beppo salió disparado por la puerta de atrás. El alcalde lo esperó largo rato hasta que se dio cuenta de que pasaba algo raro. Cuando entró en la casa, descubrió que Beppo no solo lo había dejado sin cerdos, sin ovejas y sin sus doscientas monedas... ¡Le había sacado hasta las gallinas para la cena!

Así Beppo volvió a su casa con los bosillos llenos de dinero, que compartió con su hermano. Cuentan los que saben que los dos hermanos pusieron una tienda en el pueblo, se casaron, tuvieron hijos, y vivieron una larga vida, siempre divertidos con las bromas de Beppo.

El dueño de la sombra

Cuento chino

Un hombre rico tenía una lujosa mansión en la calle principal de la aldea. En el patio delantero, una gran morera proyectaba su sombra, que a ciertas horas caía sobre la calle.

Cierta vez, un mendigo pasó por allí. Estaba agotado y hambriento. El calor era casi intolerable. Cuando vio la sombra de la morera, sintió un gran alivio. Llegó hasta allí y se recostó contra la pared con la intención de descansar un rato.

Pero al dueño no le hizo ninguna gracia ver a un vagabundo tirado en la calle, apoyado contra la pared de su casa.

—¡Fuera de aquí! ¿Quién le ha dado permiso para usar esa sombra? Yo planté el árbol, lo regué y lo cuidé. ¡Y su sombra es mía, toda mía!

—¿Eso es verdad? —dijo el pobre, muy asombrado—. ¿Realmente es suya la sombra?

En ese caso, le ruego que me la venda. Puedo pagarle un buen dinero.

El mendigo hizo tintinear su bolsa de monedas. Era cierto. Con los años, había conseguido ahorrar una pequeña suma en monedas de plata, y la llevaba siempre encima para que no se la robaran.

El dueño de la casa al escuchar la palabra dinero se puso muy contento. Casi no lo podía creer. Iba a hacer otro buen negocio a costa de ese imbécil. Después de todo, en el fondo, ¿no era así como se había hecho rico? Pero quería que todo fuera legal, para que nadie lo pudiera acusar después de haberse aprovechado de un borracho, o de un tonto incapaz de comprender. No era la primera vez que alguien trataba de enredarlo en un negocio dudoso para después entrar en litigio. En presencia de tres testigos y con un contrato legal, le vendió al pobre la sombra del árbol.

A partir de entonces, donde se proyectara la sombra, el mendigo se tendía a tomar el fresco. Cuando la sombra caía en el patio, se recostaba en el patio. Si la sombra se deslizaba a la cocina, entraba en la cocina. Cuando la sombra entraba en el salón de visitas, allí se metía también su nuevo dueño. Cuando el calor era fuerte, invitaba a sus amigos a tomar el fresco en la sombra que había comprado. Cuando pasaba apuros económicos, la alquilaba. A veces llevaba su burro, y también cerdos, gallinas, patos, a disfrutar de su linda sombra.

El dueño de la casa ya no podía tolerar semejante locura. Pero no había nada que hacer. El mendigo estaba amparado por las leyes, ya que había comprado su sombra con todos los requisitos legales. Para el hombre rico la vida en esa casa se hizo imposible. En el pueblo todos se burlaban de él. Finalmente decidió mudarse a otra aldea, donde nadie conociera su desgracia.

Nadie quiso comprar esa casa, que incluía huéspedes tan incómodos. Y, finalmente, la casa grande y lujosa quedó abandonada y el dueño de la sombra se pudo instalar tranquilamente a vivir en ella.

IJAPA, LA TORTUGA INOCENTE

Cuento de los yoruba, pueblo africano

Los ñames son unas raíces deliciosas que los yorubas cultivan con gran esfuerzo. La cosecha tampoco es fácil. Por eso el jefe de la aldea les pidió a todos los vecinos que vinieran a ayudarlo a levantar su cosecha de ñames.

Ijapa, la tortuga, no era muy trabajador. Como siempre, había descuidado su campo y nada había crecido en él. Cuando lo llamaron para ayudar a levantar la cosecha del jefe, tuvo una gran idea. La noche anterior se metió en el campo de ñames y cavó un enorme pozo que desde fuera parecía apenas un agujero. Con hierbas y hojas, tapó la boca del pozo. Cuidando todos los detalles, desparramó parte de la tierra que había sacado y arrojó el resto en la selva.

Al día siguiente, se presentó en la casa del jefe con el resto de los animales. Ese día todos trabajaron duramente. Cavaban para sacar los ñames de la tierra, los ponían en sus canastas y los llevaban al depósito del jefe. Pero, por cada ñame que Ijapa ponía en su canasta, otro iba a parar a su pozo secreto.

Los demás trabajadores se burlaban de él porque tardaba tanto en llenar su canasta. Pero Ijapa siempre tenía una buena respuesta a mano:

—Tengo mucho respeto por el jefe y por sus ñames. Debo tratarlos con gran delicadeza para no dañarlos.

Esa noche Ijapa mostró el escondite a su mujer y sus hijos. Entre todos, cargando tantos ñames como podían, fueron y vinieron muchas veces hasta llenar su propio almacén.

Pero al día siguiente, a la luz del día y con el campo vacío, sin trabajadores, los sirvientes del jefe no tardaron en encontrar el pozo. Un sendero de huellas recientes iba directamente desde allí hasta la casa de Ijapa. La tortuga tuvo que comparecer ante el jefe, que le habló con severidad:

—Ijapa, me informan que has robado mis ñames.

—He trabajado de sol a sol. ¡Oh, Gran Jefe! Y ahora me acusas sin razón. No he sido yo —dijo Ijapa.

—Ijapa, todos te conocemos. Y, por si fuera poco, hay un sendero de huellas entre mis campos y tu casa.

—¡Oh, Gran Jefe! Vine desde mi casa. Hacía mucho calor. Trabajé sin descansar. Mis hijos y mi mujer me trajeron comida y agua muchas veces. ¿Por qué yo? En esta aldea todos están acostumbrados a acusar a la tortuga. Pudo haber sido el sapo. O el leopardo.

—No hay senderos de huellas que vayan desde el escondite hasta sus casas. Eres el único sospechoso. Pero si tu inocencia es verdadera, pronto lo sabremos. Mañana pasarás por la prueba del agua hirviendo.

Al día siguiente toda la aldea se había reunido frente a la casa del jefe. Una gran olla de agua se calentaba en el fuego. Cuando el agua empezó a hervir, dijo el jefe:

—Ijapa beberá un tazón de agua hirviendo. Solo si es inocente, no se quemará.

—Pero, señor —dijo Ijapa—. Si se prueba mi inocencia, ¿cómo sabremos quién robó los ñames? ¡Todos los trabajadores deberían pasar la prueba!

—Buen consejo, Ijapa —dijo el jefe, después de pensarlo un momento.

Los demás animales, que habían pensado pasar un rato divertido viendo cómo se que-

maba Ijapa, ahora estaban temblando de miedo.

—Yo soy el más joven —dijo Ijapa—. Por lo tanto me toca a mí servir a los demás.

Ijapa tomó el recipiente, lo llenó de agua hirviendo y se lo entregó a Opolo, el sapo. Opolo bebió un largo trago y el agua hirviendo lo quemó por dentro, haciéndolo gritar de dolor. Después le sirvió a Ekute, la rata, que fue más prudente y no llegó a tragar: se quemó la boca y escupió, con los ojos llenos de lágrimas. Ijapa volvió a poner agua y le dio el tazón a Ekun, el leopardo, que apenas acercó los labios, se los escaldó y no puedo contener un gemido.

—Todos ellos son culpables —dijo el jefe, un poco sorprendido. Ahora ha llegado el turno de Ijapa.

—Soy inocente —dijo Ijapa—. Y para demostrar qué injusta ha sido la acusación, estoy dispuesto a beber más agua hirviendo que los demás. Ese tazón no es suficiente para mí. Tráiganme la más grande de las calabazas.

Ijapa llenó la calabaza de agua hirviendo. Hasta el borde. Y se la mostró al jefe diciendo:

—¡Oh, Gran Jefe!, quiero que veas qué llena está la calabaza.

—Ya veo. Haces bien, Ijapa.

—¡Parientes de nuestro gran jefe! —siguió Ijapa, acercándose a la familia del jefe—. Quiero que vean qué llena está la calabaza.

—Lo vemos. Haces bien, Ijapa.

—¡Hombres de la aldea! Quiero que vean qué llena está la calabaza.

—Lo vemos. Haces bien, Ijapa.

—¡Mujeres de la aldea! Quiero que vean qué llena está la calabaza —entonó Ijapa.

—Lo vemos. Haces bien, Ijapa —cantaron las mujeres.

Ahora, la aldea entera estaba entonando una especie de cántico ceremonial.

—¡Mozos de la aldea! Quiero que vean qué llena está la calabaza.

Y así siguió Ijapa, mostrándoles a todos la calabaza llena, hasta que el jefe le dio orden de beber de una vez por todas.

Entonces Ijapa bebió. Por supuesto, para entonces el agua ya no estaba hirviendo. Ni siquiera estaba muy caliente. No solo se bebió sin una queja la calabaza entera, sino que como prueba de su inocencia absoluta, saltó dentro de la olla y se bañó tranquilamente, con exclamaciones de placer.

—Como todos pueden ver, yo no he sido el ladrón. Los culpables son el sapo, la rata y el leopardo, que marcaron ese caminito hasta mi casa solo para echarme la culpa.

Y así todos fueron declarados culpables, menos la pícara tortuga.

Desde entonces, cada vez que una persona trata de demostrar su inocencia culpando a los demás, los yorubas dicen: «Cuando Ijapa acusa, tiene algo que ocultar».

¿QUIÉN COME MÁS?

cuento Español

Una familia muy pobre vivía cerca del bosque. El padre enfermó gravemente. Como ya no podía trabajar, les pidió a sus tres hijos que fueran a cortar algunos árboles. Era otoño y la leña se vendía bien.

El primer hijo cargó el hacha y entró en el bosque. Encontró un árbol grande, que parecía casi seco, y comenzó a cortar el tronco. En ese instante se le apareció un monstruo gigantesco, deforme, con una larga nariz y los ojos tan pequeños como granos de pimienta. Era un trol.

—No permito leñadores en mi bosque —dijo el trol—. Deja ese árbol o te mataré.

El pobre muchacho salió a toda velocidad y no paró hasta que estuvo de vuelta en su casa.

Pero su padre su burló de él.

—Cuando yo estaba sano y fuerte, iba a cortar leña todos los días. ¡No tenía miedo a los trols!

Al día siguiente, los dos hermanos mayores salieron juntos. No se internaron mucho en el bosque. En cuanto encontraron un arbolito que parecía fácil de echar abajo, se pusieron a trabajar. Apenas habían dado los primeros dos hachazos cuando apareció el enorme trol.

—No permito leñadores en mi bosque —dijo—. Dejen ese árbol o los mataré.

Los dos jóvenes no quisieron comprobar si el trol era un monstruo que cumplía su palabra o no. Salieron corriendo como si los llevara el diablo y pronto estuvieron refugiados en su casa, cerrando la puerta con dos trancas.

Al día siguiente, le llegó el turno al tercer hijo. Los dos mayores no quisieron acompañarlo. Pero los hijos menores siempre tienen recursos especiales. Este joven era valiente, astuto y un gran pícaro. Antes de partir hacia el bosque le pidió a su madre que le preparara un buen almuerzo. No había mucha comida en la casa, pero al menos quedaba un buen trozo de requesón que el mozo metió en su mochila.

Como sus hermanos, entró en el bosque, eligió un árbol adecuado y se puso a trabajar. Poco tardó en aparecer el trol.

—No permito leñadores en mi bosque. Deja ese árbol o te mataré.

El chico miró fijamente al trol, dejó el hacha, levantó su mochila y sacó de adentro el requesón.

Mientras hablaba, lo apretó fuertemente entre sus manos hasta que el suero comenzó a escurrirse entre los dedos.

—No me irrites. ¡A callar! —le gritó al trol de mal modo—. O te voy a exprimir hasta sacarte el jugo, como estoy sacando agua de esta piedra.

—¡No, no lo hagas! —rogó el trol, asombrado de que un muchachito tan delgado tuviera tanta fuerza—. Si me disculpas, te invito a comer a mi casa.

—Está bien. Espero que tengas suficiente comida porque tengo mucha hambre y estoy acostumbrado a comer en abundancia.

Y se pusieron en camino.

—Yo encenderé el fuego mientras tú vas a buscar agua al pozo —dijo el trol cuando llegaron.

El muchacho vio los enormes y pesadísimos cubos de hierro que usaba el trol. Eran casi tan altos como él. Se dio cuenta de que ni siquiera vacíos los podría levantar.

—Bah, no vale la pena perder el tiempo yendo a buscar agua con estos dedales —dijo—. ¡Iré a traer todo el pozo entero!

—¡No, no! —gritó el trol—. No lo hagas, por favor, necesito mi pozo. Mejor enciende el fuego que yo traeré agua.

Mientras el trol iba a buscar el agua, el jovencito encendió el fuego y después se ató la mochila sobre el pecho, por debajo de la ropa.

Pronto estuvo servida una cena digna de gigantes.

—¿Por qué no competimos a ver quién es capaz de comer más?

—Claro que sí —dijo el trol, muy seguro de ganar.

Y los dos empezaron a comer tanto como podían. Con la diferencia de que el muchacho, con disimulo, fingiendo comerse todo, escupía la mayor parte de la comida en la mochila. El trol veía cómo su estómago aumentaba de tamaño delante de sus ojos, y estaba muy asombrado.

—Estoy tan lleno —suspiró el trol—. ¿Cómo haces para seguir comiendo?

—Es muy fácil —dijo el muchacho—. Cuando me siento pesado, hago así para hacerme más lugar.

Y tomando un cuchillo, se cortó la panza..., es decir, la mochila repleta, de donde empezó a salir comida masticada.

—¡Pero eso debe doler muchísimo! —dijo el trol.

—Para nada. No es ni siquiera una molestia. Y puedo seguir comiendo todo lo que me da la gana.

El trol tomó el cuchillo, se cortó alegremente la panza... ¡y ese fue su fin!

El muchacho encontró el oro y la plata que el monstruo había escondido en la montaña, cargó al hombro todo lo que podía llevar, y se volvió a su casa silbando muy contento.

Todo tiene su precio

El gran conquistador Tamerlán tenía un bufón llamado Choja, que a veces lo hacía reír y a veces lo hacía pensar. Cierta vez llegó hasta él pidiendo justicia el dueño de una posada, que llevaba del cuello a un pobre mendigo.

—Gran Tamerlán, este hombre me debe dinero —dijo el posadero—. Yo estaba preparando un delicioso cordero asado que olía como todos los cielos.

—¡Y lo único que hice fue acercarme para sentir el olor! —dijo el pobre.

—Así es. Este hombre se quedó tres horas al lado del cordero, respirando su delicioso aroma. No le pido que me pague como si se hubiera comido una porción, pero creo que me debe por lo menos una moneda.

Tamerlán pensó que ese caso disparatado era perfecto para su amigo, y lo mandó llamar. Choja escuchó atentamente a las dos partes. Después sacudió con mucha fuerza su bolsa llena de monedas de cobre, que tintinearon chocándose entre sí.

—¿Has oído? —le preguntó al posadero.

—Claro que sí, no soy sordo.

—Muy bien. Este hombre disfrutó el delicioso olor de tu cordero. Y yo acabo de pagarte con el sonido de mis monedas.

Y así se dio por terminado el caso.

Extraño veneno

Cuento japonés

En cierta región montañosa del Japón había una escuela dirigida por un maestro muy severo que exigía en exceso a sus alumnos. Este hombre tenía una extraña costumbre: mientras los estudiantes recitaban a coro sus lecciones o practicaban caligrafía, él se servía una cucharada de un frasco que guardaba en un cajón del escritorio.

—*Sensei*, maestro —preguntó una vez, respetuosamente, uno de los alumnos más atrevidos—. ¿Qué es eso que come usted en la clase y que parece tan rico?

—No es rico, no se equivoquen —dijo el exigente maestro—. Es un remedio que me recetó el médico. Pero hay que estar acostumbrado para poder tomarlo sin peligro. Si ustedes intentaran probarlo, incluso en una dosis mucho menor, sin duda morirían envenenados.

Unos días después, el maestro tuvo que asistir al banquete de asunción de un funcionario imperial y dejó a los niños con el encargo de practicar escritura hasta que volviese.

Por supuesto, apenas se fue, el alumno atrevido abrió el cajoncito y sacó un frasco lleno de una sustancia semilíquida y amarillenta que puso sobre el escritorio.

—¡Estás loco! —le decían sus compañeros—. El maestro se va a poner furioso con nosotros. ¡Guarda rápido su medicina!

—Mmm, qué rico remedio —dijo el muchachito mientras metía un dedo en el frasco y se lo chupaba—. Si no supiera que es un veneno, creería que es miel.

No tuvo que decir nada más: todos querían probar, y en pocos minutos el frasco quedó completamente vacío. De golpe, los niños se dieron cuenta de lo que habían hecho. ¿Cómo ocultarlo?

—¿Qué vamos a hacer cuando venga el maestro? ¡Nos va a pegar! —dijo el más pequeño, lloriqueando.

—Hagan lo que yo les diga —dijo el que había empezado con la travesura.

Y, como si fuera poco haber vaciado el frasco de miel, tomó del escritorio el tintero del maestro y lo estrelló contra el suelo.

—Cuando vean que está entrando *Sensei,* tírense al suelo retorciéndose, con las manos en el estómago, y griten como si se estuvieran muriendo de dolor.

Pronto se escucharon los pasos del maestro y el típico carraspeo con el que se aclaraba la garganta antes de entrar a clase.

—¡Ay, ay, ay! —gritaban los chicos, en el suelo—. ¡Me duele el estómago! ¡Me voy a morir!

Ante semejante espectáculo, el maestro se quedó paralizado de horror.

—¿Qué es esto? ¿Qué pasó aquí?

—*Sensei,* nos estamos muriendo —explicó el niño atrevido, con voz débil y quejumbrosa—. Estábamos jugando y sin querer hicimos caer el tintero, que se estrelló contra el piso y se rompió. ¡Nos sentimos tan culpables que decidimos suicidarnos! Y para eso tomamos el remedio venenoso que usted guardaba en el cajoncito. Merecíamos la muerte y la tendremos...

El maestro sabía perfectamente con quién estaba hablando. Se sonrió, movió la cabeza y dijo simplemente:

—Bueno, basta de tonterías, todos a sentarse que vamos a aprender una letra nueva.

Y nunca más comió miel a escondidas delante de sus alumnos. Ni les volvió a mentir.

El hombre que fue Moisés

Cuento judío

En cierto país de la Europa medieval, un mal consejero logró convencer al rey de que los judíos, con sus malas artes de brujería, habían logrado conservar entre ellos a Moisés, el hacedor de milagros que los sacó de Egipto.

El rey concedió a los judíos tres días para que Moisés se presentara ante él o todos morirían.

Al tercer día, cuando toda la comunidad estaba lamentándose en la sinagoga, uno de los judíos propuso:

—Voy a disfrazarme de Moisés. Si no me cree, el rey me mandará matar. Pero ¿qué pierdo por intentarlo? Si no aparece Moisés, nos matará de todos modos.

Dicho y hecho, el hombre se puso una túnica anticuada, tomó un bastón y se presentó ante el rey.

—Soy Moisés, el que condujo a los judíos a la Tierra Prometida —dijo, tan sonoramente como pudo.

El consejero trataba de disimular la risa.

—Si es Moisés, que lo pruebe ahora mismo con un milagro —le susurró al rey, que inmediatamente dio la orden.

—¿Un milagro? Nada más sencillo —contestó el supuesto Moisés—. Traigan una olla de aceite hirviendo. Arrojaré allí al consejero, y no solo lo sacaré vivo, sino veinte años más joven.

El consejero se puso pálido.

—Su Majestad —dijo, temblando—. La prueba no es necesaria: ¡no hay duda de que este hombre es verdaderamente Moisés!

La tregua

Fábula griega (Esopo)

El zorro y el gallo conversaban amablemente, pero el gallo, por supuesto, se mantenía a salvo en lo alto de su percha.

—Hermano gallo —dijo el zorro, siempre dispuesto a usar la astucia—. ¿Por qué no bajas de tu percha para que podamos hablar más cómodos?

—Es muy simple —dijo el gallo, sincero—. Prefiero que no me comas.

—¿Pero no te has enterado? Ahora hay una gran tregua universal. Los animales han decidido hacer las paces y que no haya más guerra entre nosotros.

—¡Qué suerte! —dijo el gallo—. Sobre todo para ti. Porque veo desde acá que se acerca una jauría de perros cazadores. Parecen bastante hambrientos.

—En ese caso me despido, querido amigo —dijo el zorro, echando a correr.

—¡Vuelve! ¿De qué te escapas? ¿Acaso no estábamos todos los animales en paz?

El zorro giró la cabeza por un momento.

—Se me ocurrió de pronto que quizás los perros todavía no lo sepan —contestó, sin dejar de correr.

Las aventuras de Tiomío

Cuento de los tharus, pueblo de Nepal

Esta es la historia de un hombre al que no le gustaba trabajar. ¡Y a quién le gusta! Su mujer se veía obligada a esforzarse duramente noche y día para ganar el pan, y se pasaba las horas recriminándole su pereza.

—Basta de repetir siempre lo mismo —dijo cierta vez el marido, harto de escuchar tantos insultos—. Yo no trabajo cada día para comer. Pero en un solo día puedo ganar lo que necesitamos para el resto de nuestra vida.

Y salió de su casa con intención de buscar fortuna. Considerando que estaba decidido a recorrer mundo, lo primero que necesitaba era arreglarse los zapatos. El zapatero remendón se los compuso por una rupia.

—Te pagará el pastelero —contestó nuestro amigo.

—¿Qué pastelero? No conozco a ningún pastelero.

—Ven conmigo a la pastelería y ya verás.

Mientras el zapatero cerraba su negocio para salir, su cliente corrió a la pastelería y compró pastelillos por valor de una rupia.

—Ya viene el zapatero a pagarte —le dijo al pastelero.

En ese momento entraba el zapatero.

—Zapatero, ¿estás de acuerdo en que el pago es una rupia, verdad?

—Por supuesto —dijo el zapatero, pensando en lo que le debían—. Justo una rupia.

—Claro, una rupia, ni más ni menos —dijo el pastelero, convencido de que iba a cobrar lo suyo.

Nuestro amigo dejó a los artesanos muy contentos para que arreglaran sus negocios entre ellos, y se fue de allí lo más rápido que pudo.

Estaba saliendo de la ciudad cuando vio a unos lavanderos trabajando junto a una fuente de piedra, mientras sus hijos jugaban. Se sentó cerca de ellos y comenzó a comerse sus pasteles dando muestras de gran deleite. Los niños miraban con ganas, y pronto fueron a molestar a sus padres.

—¡Pasteles, quiero pasteles, cómprame pasteles! —decía cada una de las vocecitas.

Los padres, que no podían dejar el trabajo, le rogaron al hombre que les vendiera algunos.

—¿Por qué van a pagar por uno o dos pastelitos? —les dijo él—. Aquí cerca los están regalando como obra de caridad. Vayan corriendo ahora mismo y les darán un montón sin pagar un centavo.

Los lavanderos se tentaron. Era una gran oportunidad.

—Por favor —pidieron—. ¿Podrías cuidarnos esta ropa que estamos lavando mientras vamos a buscar los dulces?

—Por supuesto —dijo el hombre—. Pero no las dejen ahí tiradas. Háganme dos paquetes, separando la ropa valiosa de la común, y pónganlos aquí delante de mí. Por favor, vayan y regresen lo más rápido posible porque tengo que irme enseguida.

Apenas los lavanderos y sus hijos se perdieron de vista, el hombre tomó el fardo de ropa de lujo y se fue. Salió de la ciudad y entró en un bosque, donde se detuvo a descansar. En las ramas de un árbol extendió las prendas, que quedaron colgando como si fueran frutos. En cuanto vio venir a alguien por el camino, se puso a regar las raíces del árbol con el mismo método que usan para regar los perros, mientras silbaba alegremente.

—¿Qué haces? —preguntó el recién llegado, que resultó ser un comerciante.

—Para qué preguntar lo que es claro como el día. Sigue tu camino.

—¿Acaso ese árbol tan raro da como fruto preciosos vestidos? —preguntó el comerciante.

—No voy a decir nada. Usa tus ojos. Por algo estoy regando sus raíces con tanto cuidado.

—Bien —dijo el comerciante, después de pensarlo un rato—. Quizá quieras vender tu árbol.

No es necesario describir cómo nuestro amigo se hizo de rogar antes de ceder el árbol mágico por dos mil rupias, con la condición de poder llevarse puesta una parte de la última cosecha de ropa.

Dejó al comerciante regando el árbol mientras miraba para arriba a la espera de ver nacer un nuevo fruto. Y siguió viaje por el bosque.

En eso se cruzó con un oso pequeño. Sin asustarse, lo atrapó, le ató una cuerda alrededor del cuello, y se preparó para su nuevo truco. En cuanto vio que alguien con aspecto de llevar dinero encima venía por el camino, se apresuró a preparar el terreno. Le metió al oso unas cuantas monedas de plata por el ano y lo hizo dar vueltas alrededor del árbol. El pobre oso, así maltratado, sintió la necesidad de aligerarse y, a la llamada de la naturaleza, las monedas salieron disparadas con estruendoso sonido. El comerciante que venía por el camino se quedó boquiabierto viendo un oso que cagaba dinero. Tratando de no demostrar lo mucho que le interesaba el negocio, el comerciante ofreció un precio para comprar el oso.

—¿Acaso estoy loco para vender un animal que hace dinero? —dijo nuestro astuto amigo.

Pero, en fin, el oso no era eterno, podía enfermar, podía morir, había que alimentarlo...

Finalmente se dejó convencer por el comerciante y lo vendió por cuatro mil rupias. A condición de que lo dejaran quedarse con una parte de las que ya había producido.

Dejando al dueño del oso girando alrededor del árbol con su nueva adquisición, el hombre astuto siguió su camino. En los lindes del bosque encontró una gran cantidad de gente reunida. Varias personas ricamente vestidas y rodeadas por sus servidores estaban divirtiéndose en el prado. Eran el rey y algunos de sus cortesanos, que jugaban al juego de las Dieciséis Vacas.

Vestido con el mejor de los trajes que traía, el hombre se acercó a los jugadores e hizo una apuesta altísima, en miles de rupias, que llamó la atención. El rey, pensando que se trataba de un noble extranjero, lo invitó a sentarse cerca de él.

—¿Cómo te llamas? —le preguntó.

—Me llamo Tiomío —contestó nuestro amigo.

Entretanto, los perjudicados por este personaje se iban dando cuenta de su situación. El pastelero y el zapatero, después de una larga discusión, salieron a buscar al estafador. Por el camino se encontraron con los lavanderos, que se lamentaban, y decidieron seguir buscando juntos. Pronto llegaron al Árbol-Que-Da-Ropa, donde los lavanderos reconocieron buena parte de los supuestos frutos. El comerciante, que ya casi no tenía con qué seguir regando las raíces, se unió al grupo. Y no tardó en agregarse el dueño del oso, harto de apalear al pobre animal indefenso sin conseguir otra cosa que excrementos de oso.

Era una considerable partida de gente cuando se encontraron con el rey y su corte. ¿Y quién estaba sentado al lado del rey, jugando muy divertido y aconsejando a Su Majestad dónde poner sus vacas? Los lavanderos reconocieron inmediatamente el traje que llevaba puesto y quisieron abalanzarse sobre él. Pero los comerciantes, que conocían mejor los usos de este mundo, los detuvieron. Si el estafador resultaba ser un pariente del rey, era mejor no acusarlo de nada: corrían el riesgo de terminar en la hoguera.

El jugador levantó la vista para mirarlos distraídamente y después volvió a concentrarse en el problema de las Dieciséis Vacas sin prestarles más atención. Todos estaban perplejos.

En ese momento se escuchó la voz del rey.

—Bien, Tiomío, ¿dónde me convendría poner mis vacas en este juego?

Aterrados, los estafados decidieron que era mejor dar todo por perdido antes que atreverse con el mismísimo tío del rey.

Ni que hablar de lo bien que sabía jugar este Tiomío, a ese juego y a cualquier otro. Después de haber ganado muchos miles de rupias, les dijo al rey y a sus cortesanos que ya era hora de volver a casa, y se fue tranquilamente.

Apenas llegó a su hogar, extendió una tela de seda en el suelo y echó allí los miles de monedas de plata.

—¡En nombre de la tierra! ¿Cómo conseguiste toda esta riqueza? —preguntó la mujer.

—Mujer alocada —le contestó su marido—. ¿No tienes bastante con haberla recibido? El cómo y el dónde me los dejas a mí.

Y su mujer estuvo de acuerdo en que no valía la pena hacer preguntas cuando tenía ante sí semejante fortuna.

Los mejores retratos
Cuento holandés

El pícaro Till Eulenspiegel siempre estaba buscando formas de ganarse la vida sin trabajar. Un día, en la plaza del mercado se entretuvo mirando a los pintores callejeros. Algunos eran retratistas hábiles, otros eran excelentes..., pero ninguno ganaba más que unas pocas monedas. Sus clientes eran los mercaderes y artesanos de la feria y sus esposas. A veces, alguna criada que apenas podía pagar con una sonrisa y un beso. «Para ganar dinero», pensó Till, «habría que retratar a personajes más importantes».

Simpático y conversador, pronto entró en relación con los pintores. Esa noche, entre risas y canciones, compró una de las mejores pinturas por tres jarras de cerveza.

Con el cuadro bien envuelto bajo el brazo, Till Eulenspiegel llegó al castillo del señor de la comarca. Estaba vestido con elegancia, sus modales eran exquisitos y pronto convenció a los criados de que el marqués debía recibirlo.

El noble era un buen conocedor de pinturas... y de hombres. El retrato le gustó mucho, pero tuvo serias dudas de que Till fuera un verdadero pintor. Decidió ponerlo a prueba y darle una lección.

—Ya veremos si eres tan buen retratista como dices. Quiero que pintes los retratos de varias personas de mi corte —le dijo—. Mañana mismo vendrán a verte. Entretanto, te alojarás en una habitación del castillo.

Al día siguiente tres nobles personajes se presentaron ante el supuesto pintor.

La primera fue una anciana baronesa. Un vello negruzco afeaba su labio superior. Tenía la cara llena de arrugas y le faltaban dos dientes. Su expresión era tan amarga y dura como si acabara de morder un limón. La baronesa conversó con el pintor y antes de despedirse le advirtió:

—Espero verme en mi retrato tan joven y bella como me veo en los espejos. Si eso no sucede, pagarás muy caro tu error.

A continuación llegó un conde vestido con sus mejores galas. ¡Muchos metros de seda y terciopelo hacían falta para vestir a un conde de ciento ochenta kilos! De mal humor, descortés y violento, le aseguró al pintor que no viviría para contarlo si en el retrato no aparecía tan esbelto y atractivo como se consideraba a sí mismo.

El tercero fue un sobrino del marqués, un joven vanidoso, que no hubiera sido feo si no fuera porque su cara, inexpresiva como la de una estatua, reflejaba su vacío interior. Cuando hablaba, la boca se le torcía en una mueca cruel:

—Sé que no es fácil captar con el pincel la gracia y la perfección de mis rasgos. Pero si no lo logras, si el menor defecto aparece en mi cara, no llegarás lejos cuando te vayas del castillo. Mis servidores te encontrarán en el primer cruce de caminos.

Riéndose por dentro, el marqués fue a ver a su preocupado pintor.

—Ahora que ya conoces a tus retratados, tengo que advertirte algo muy importante —le dijo—. Quiero que los pintes exactamente como son, tal cual los ven mis ojos y los tuyos. Si lo logras, te pagaré en monedas de oro. Pero si no lo haces, serás juzgado. Te conozco, Till Eulenspiegel, he averiguado sobre ti, conozco tus tretas y puedo hacer que te pudras en uno de mis calabozos.

Ustedes podrían creer que Till se asustó o se preocupó por lo difícil del trabajo que le habían encargado. Nada de eso. Su tarea era de todos modos imposible antes de empezar: sencillamente, no sabía pintar, ni bien ni mal. De modo que se limitó a seguir adelante con sus planes. Exigió una habitación grande y cómoda, con buena luz, que le sirviera de taller. Pidió un mes para terminar los retratos y no quiso aceptar ayudantes. Los tres horribles modelos acudían a posar día por medio, y Till no per-

mitía a nadie ver lo que estaba haciendo. Las sesiones de trabajo no duraban mucho. Entretanto, el pintor comía, bebía y se divertía como el invitado de un marqués.

El día en que se cumplía el plazo Till exigió que el marqués y los tres retratados vinieran juntos al taller. Allí estaban las pinturas, cubiertas por una pieza de seda opaca.

—Antes de descubrir los retratos —dijo Till—, debo informar sobre un detalle importante. Solo aquellos que posean auténtica sangre noble podrán verlos y disfrutar de la perfección con que logré copiar sus rasgos. Pero si tienen aunque sea una gota de sangre plebeya en su historia familiar, verán solo telas en blanco.

Y de un tirón descubrió los retratos. Por supuesto, en los tres caballetes no había más que telas en blanco. Por supuesto, los tres nobles

se lanzaron a alabar la perfección de los retratos, la belleza de los colores, la increíble precisión con que habían sido captadas sus expresiones. Cada uno elogiaba su propio retrato y también los otros y las voces se confundían en su afán por demostrar con cuánta nitidez estaban viendo... lo que en realidad no existía.

En cuanto los tres nobles personajes se fueron, llevándose sus pinturas, el marqués se enfrentó a Till.

—Sin duda has logrado divertirme a costa de estos tres tontos, Till. Pero eso no basta. Tú y yo sabemos que las telas están en blanco. ¿Dónde están los retratos exactos y fieles que te encargué?

—Señor marqués —dijo Till—. He pintado con absoluta exactitud y fidelidad toda la belleza que he visto en nuestros tres modelos.

El marqués volvió a mirar las telas en blanco y supo que Till tenía razón.

Y allá se fue Till, una vez más, por los caminos, con sus monedas de oro y, como siempre, lo más rápido posible.

Regalo de Coyote

Cuento sioux

Esta es la historia de un hombre que no tenía canción. Es una historia triste, porque un hombre sin canción no es un hombre verdadero, la gente lo ignora o lo desprecia y las muchachas se burlan a su paso.

La canción de un hombre está hecha de todos los momentos importantes de su vida, tiene un poco del viento de la llanura y otro poco de la luz de las estrellas, que lo protege cuando duerme a la intemperie. Esa canción canta la historia de su nacimiento y la caza de su primer bisonte. Relata con música y palabras la más peligrosa de sus expediciones guerreras, el beso más apasionado de una mujer. Un hombre lleva su canción siempre consigo, la canta en las grandes ocasiones y a veces puede legársela a su hijo.

Sin-Canción andaba siempre solo y envidiaba las canciones de los demás.

Un día afortunado (porque hasta los más desdichados tienen buenos momentos) logró cazar un venado de carne tierna y sabrosa. Hacía poco tiempo había levantado una pequeña cosecha de maíz y decidió prepararse un guiso. Pronto, un delicioso aroma comenzó a brotar de la olla que Sin-Canción había puesto en el fuego.

Coyote es un famoso pícaro cuyos poderes mágicos no le sirven para conseguir comida. Y siempre tiene hambre. El aroma llegó hasta sus narices. De pronto se apareció de un salto ante ese hombre solo que sabía cocinar tan bien.

—Hola, Sin-Canción —dijo Coyote—. Quiero un poco de tu guiso de venado.

—Te lo daré todo —contestó el hombre— si consigues con tu magia darme una canción.

—Yo soy el Creador de Canciones —dijo Coyote—. Claro que puedo darte una: la mejor. ¿Qué canción te gustaría?

—Quiero una que sirva para alegrar los corazones de la gente y para que las muchachas me amen. Pero, por favor, que no sea un típico regalo de Coyote: se dice por ahí que lo que Coyote da hoy, mañana lo quita.

—Está bien —prometió Coyote—. Te daré una canción muy especial. Y te aseguro que jamás te la quitaré: jamás olvidaré el trato que estoy haciendo con Sin-Canción. Espero que la uses bien.

Y así fue. Coyote le dio la canción y a cambio se comió hasta el último bocado de ese guiso tan tentador. Los dos estaban convencidos de haber hecho un buen negocio.

Muy pronto llegó el momento de probar el regalo. En la aldea de Sin-Canción se festejaba con un gran banquete la llegada de la primavera. Para sorpresa de todos, el hombre empezó a cantar. La música que brotaba de su cuerpo era maravillosa. En la canción estaba todo: la alegría de cada mañana al despertar, los rayos del sol abriéndose en muchos colores en cada gota de agua, el terciopelo de las noches, y todas las historias grandes y pequeñas de las que está formada la vida de un hombre. La canción era tan hermosa que toda la gente se sintió feliz. Y la más hermosa de las jóvenes se acercó a ese muchacho que cantaba y cantaba como nadie, como nunca, para invitarlo al amor. Desde entonces ya no se llamó Sin-Canción: hasta en los más lejanos confines se supo cómo cantaba Canción-Maravillosa.

Pero el éxito y la felicidad convirtieron a Canción-Maravillosa en un hombre presumido, que pronto olvidó lo que Coyote le había pedido. Cada vez que una muchacha le gustaba,

Canción-Maravillosa usaba su canción y ella no se podía resistir. Ahora ya no le bastaba con el amor, quería muchas mujeres, siempre distintas, todo el tiempo. Pero, además, tampoco esperaba ya las grandes ocasiones. Cantaba en cualquier momento, en cualquier lugar. Pronto se vio obligado a viajar, porque en su propia aldea había cantado su canción tantas veces que la gente estaba harta de escucharlo y en lugar de alegría solo provocaba aburrimiento.

Entonces, una noche, mientras estaba durmiendo, Coyote se le acercó y le quitó su canción. El hombre se despertó.

—¡Coyote, tramposo! —gritó—. ¡Habíamos hecho un trato!

—Yo hice un trato con un hombre que se llamaba Sin-Canción —dijo Coyote—. Nunca lo olvidé ni dejaría de cumplirlo. Sin-Canción era un buen hombre, aunque un poco triste. Ahora ha desaparecido. En su lugar hay un jactancioso que lleva otro nombre: yo no hice ningún trato con Canción-Maravillosa.

Desde entonces, el hombre volvió a llamarse Sin-Canción. Dicen que todos los días prepara una gran olla de guiso de venado con maíz para tratar de que Coyote le devuelva su Canción-Maravillosa. Pero hasta ahora no se ha sabido que Coyote volviera alguna vez a visitarlo.

El estudiante y el campesino

Cuento argentino

Cierta vez un estudiante iba de viaje en compañía de un paisano, un pobre campesino que se había ofrecido a acompañarlo desde la estación de tren hasta un pueblo que quedaba a dos jornadas de viaje.

Por el camino cazaron un par de liebres. El paisano, que se daba maña con el asado, prepa-

ró las liebres, a fuego lento durante largo tiempo. Quedaron deliciosas, tiernas, con un leve sabor ahumado. Esa noche se comieron una liebre entera y dejaron la otra para el desayuno.

Entonces, al estudiante se le ocurrió una idea para comerse él solo la liebre que quedaba. Viendo que el paisano era un hombre simple, sin mucha cultura, pensó que sería fácil ganarle en una competición intelectual.

—Vamos a dormir —le dijo—. Y te propongo una apuesta: el que al levantarse haya tenido el mejor sueño, ese se come la liebre entera.

—Vamos nomás —dijo el paisano, que era hombre de pocas palabras.

En cuanto el estudiante se durmió, el paisano se levantó y se comió el animal todito. ¡Es-

taba excelente! Se durmió con la tripa llena y se despertó bien entrada la mañana: el estudiante lo estaba sacudiendo.

—Amigo, tenemos que contarnos nuestros sueños, a ver cuál es el mejor. Yo he soñado que me moría y que venía un coro de ángeles para llevarme a la gloria. Su piel era marfilínea y ostentaban sonrisas de beatitud. Suaves como las nubes eran las plumas de sus alas y sus bocas de querubines entonaban hosannas. No puedo imaginarme nada mejor. Pero vamos a ver, quiero saber cómo fue tu sueño.

El estudiante estaba convencido de que el paisano se iba a quedar admirado de escuchar tantas palabras difíciles.

—¡Qué casualidad, joven! Yo he soñado exactamente lo mismo, ¿no es increíble? Que usted se moría y venía el coro de ángeles a llevárselo a la gloria. Ahí me quedé mirando cómo lo alzaban y se lo llevaban para arriba. Y cuando se perdió de vista me dije: «¿Para qué quiere ahora la liebre, este mozo?». Así que me levanté y me la comí nomás.

¿VERDAD O MENTIRA?

Cuento persa

Esto es lo que les sucedió a tres jóvenes amigos, más interesados en divertirse contando cuentos en la taberna del pueblo que en trabajar de sol a sol.

Cierto día llegó al pueblo un viajero muy elegante, y se acercó a la taberna para comer y beber, y para preguntar por una buena habitación. Los tres amigos, que tenían fama de ingeniosos y estaban acostumbrados a burlarse de todo el mundo, planearon una forma de dar un buen disgusto al forastero y quedarse con su lindo traje o, por lo menos, divertirse a su costa. Después de un rato de charla, le propusieron una apuesta: cada uno debía contar la aventura más increíble que le hubiera sucedido. Si no les creía, el viajero se convertiría en su esclavo. Si los amigos no creían en lo que decía el viajero, los esclavos serían ellos.

Todo era una gran broma para burlarse de un hombre obligado a afirmar que creía cualquier disparate con tal de no perder una apuesta. Una típica tontería de taberna. Pero el viajero, después de aceptar, quiso establecer la apuesta formalmente y pidió que viniera el alcalde del pueblo para firmar un contrato y hacer de juez.

Entonces, el primer joven empezó así:

—Unos meses antes de que yo naciera, mi madre, que sufría muchos antojos, tuvo ganas de comerse unas ciruelas de un árbol que teníamos en el jardín. Pero mi padre le contestó que estaban demasiado altas. Apenas se distrajeron en otra cosa, yo corrí al árbol, trepé, corté las ciruelas y las dejé sobre la mesa de la cocina. Nadie supo cómo habían llegado hasta allí, y mamá se las comió muy contenta.

—Es muy interesante su historia —dijo el viajero—. Y, por supuesto, la creo absolutamente. Muy cierto todo lo que ha contado.

Y la taberna entera estalló en risotadas.

Entonces contó su historia el segundo joven:

—Tenía apenas una semana de vida cuando salí a pasear y me tentaron los dátiles maduros que vi en lo alto de una palmera. Trepé y me comí tal cantidad de dátiles que me sentí demasiado pesado: no podía bajar de la palmera. Tuve que correr hasta el pueblo para traer una escalera, la apoyé en el tronco, y recién así logré bajar. ¡Y pensar que había trepado con tanta facilidad!

—Cierto, muy cierto —dijo el viajero—. Has contado una historia sin ninguna duda verdadera en todas sus partes.

Los parroquianos de la taberna se desternillaban de risa al ver a un hombre adulto tener que convalidar semejantes disparates. Y todavía le tocaba el turno al tercer amigo.

—Yo tenía un año —dijo el muchacho, que ya ni siquiera hacía el esfuerzo de pensar una paradoja divertida— cuando vi un conejo corriendo entre la hierba. A toda velocidad me lancé a atraparlo, pero cuando lo alcancé me di cuenta de que mi vista me había engañado: no era un conejo sino un tigre, que abrió sus enormes fauces para devorarme. Yo le expliqué, claramente y con paciencia, que perseguía a un conejo y no a un tigre, pero él no quiso escucharme y me mostró los dientes. Perdí la paciencia, lo atrapé con mi mano izquierda y lo partí en dos.

—Lo felicito por su velocidad, por su coraje y por su fuerza. ¡Qué aventura tan interesante! —dijo el viajero con mucha seriedad.

Y la taberna se estremecía de risas y gritos. Aunque ahora todos estaban ansiosos por ver si el forastero era capaz de inventar relatos tan ridículos como los que habían contado los ingeniosos del pueblo, a quienes ninguno de los presentes se hubiera atrevido a desafiar.

—Estos tres jóvenes me asaltaron por el camino —dijo el hombre.

Un murmullo asombrado recorrió la taberna. Los tres amigos no sabían qué decir. Si decían que la historia era falsa, perdían la apuesta y se convertirían en esclavos del viajero. Pero, si admitían que era cierta, irían a la cárcel. Miraron a su alrededor y vieron que la gente del pueblo comenzaba a sonreír al darse cuenta del brete en el que ellos mismos se habían puesto. Muchos de los que estaban en la taberna habían sido víctimas de sus bromas, y otros estaban hartos de su supuesto ingenio. No todos los que bebían y se divertían con ellos eran exactamente sus amigos.

El alcalde preguntó tres veces a los muchachos si creían que lo que había dicho el hombre era cierto o no lo era, y las tres veces se quedaron callados, sin saber qué contestar. Entonces declaró ganador al viajero y le preguntó si sostenía su acusación. El hombre, riéndose mucho, se desdijo. Ahora que de todos modos había ganado, dijo, se daba cuenta de que en realidad no le convenía demasiado tener como esclavos a esos tres hombres jóvenes y fuertes que comían mucho y producían poco. Se daría por satisfecho si le pagaban con la ropa que llevaban puesta.

En paños menores y burlados, por un buen tiempo los tres amigos se convirtieron en el hazmerreír del pueblo y desde entonces tuvieron buen cuidado antes de tratar de divertirse a costa de otro.

Índice

Escribieron y dibujaron…

Ana María Shua

—Nació en la ciudad de Buenos Aires, Argentina. Se licenció en Letras en la Universidad Nacional de Buenos Aires. ¿Cuáles fueron sus inicios como escritora?

—Un día aprendí a leer y después seguí leyendo y no me he detenido desde entonces. Tanto vicio trae consecuencias. Mis primeras consecuencias fueron en verso, cuando tenía ocho años. Obtuve grandes éxitos literarios entre mis maestras y mis compañeras, y rápidamente me convertí en la poeta más famosa de toda la escuela. Así empecé a escribir y no me he detenido desde entonces, excepto para leer. En 1967 gané un concurso con mi primer libro de poesías y pude empezar a publicar.

—¿Prefiere inventar sus propias historias o escribir cuentos populares que pasan de boca en boca?

—Me alegro muchísimo de no tener que elegir. Hago las dos cosas. Son dos tipos de trabajo distintos, cada uno muy placentero a su manera. Cuando escribo mis propias historias, todo es más intenso: siento más alegría, más emoción y también más penas. Cuando reescribo a mi manera una versión de un cuento anónimo, el trabajo es más placentero y descansado.

—*Cuentos populares, fábulas de muchos lugares del mundo sobre los pícaros. ¿Cómo ha realizado este proyecto, ha sido una labor de recopilación, reescritura...?*

—Claro, es un trabajo de investigación que me gusta mucho. Se trata de mi actividad preferida: leer, leer y más leer. Calculo que por cada cuento elegido para este libro, debo haber leído y descartado unos veinte. Una vez que elijo el cuento, tengo que buscar una forma de contarlo que sea divertida, que represente mi estilo y, al mismo tiempo, que no traicione el origen del cuento, para que le quede ese saborcito especial de su país de origen.

Noemí Villamuza

Noemí Villamuza tiene varios libros publicados en esta colección, pero para lectores de seis años e ilustrados a color. ¿Cómo es la experiencia del blanco y negro?

—Trabajar en blanco y negro es para mí un ejercicio placentero, porque tengo un estilo muy dibujístico, disfruto del lápiz y de sus calidades de grises como si se tratara de colores. El blanco de la página crea una atmósfera más misteriosa, y la intención de lo que quiero contar es más directa. Me gusta el resultado final. Cuando la ilustración es en blanco y negro, la imagen impresa es muy fiel a los originales.

—*¿Se plantea la ilustración de forma distinta para un cuento que para una novela?*

—En ambos casos es interpretar una narracion, y después ilustrar... Hay cuentos complicados y novelas sencillas. Creo que la dificultad reside en encontrar la esencia de las situaciones, no en el género o la extensión de las obras... Cuando una historia está escrita con entusiasmo, te transmite para crear.

—Cuéntenos un poco qué le han parecido los cuentos de Este pícaro mundo.

—Son unos hermosos cuentos para recordar y contar. Tienen muy buenos ingredientes, provocan curiosidad, estimulan la imaginación y recuperan una figura de mucha tradición en los cuentos: los pícaros que viven de su ingenio, de su capacidad de fabular, y que sobreviven gracias a su inteligencia. Me parece una malicia bien entendida para hacer pensar a los niños.

SOPA DE LIBROS

A PARTIR DE 10 AÑOS

OPERACIÓN YOGUR
(n.º 2)
Juan Carlos Eguillor

LA CASA DEL ÁRBOL
(n.º 9)
Bianca Pitzorno

UNA NARIZ MUY LARGA
(n.º 10)
Lukas Hartmann

LOS CAMINOS DE LA LUNA
(n.º 11)
Juan Farias

LAS RAÍCES DEL MAR
(n.º 12)
Fernando Alonso

LA BOLSA O LA VIDA
(n.º 17)
Hazel Townson

ALAS DE MOSCA PARA ÁNGEL
(n.º 22)
Fina Casalderrey

CLOROFILA DEL CIELO AZUL
(n.º 23)
Bianca Pitzorno

JALEO EN EL TEJADO
(n.º 29)
Hazel Townson

CHICAS AL RESCATE
(n.º 32)
Bruce Lansky

EL MISTERIOSO INFLUJO DE LA BARQUILLERA
(n.º 34)
Fernando Alonso

EL CHÁPIRO VERDE
(n.º 36)
Marilar Aleixandre

EL CUADERNO DE LUISMI
(n.º 37)
Pablo Barrena

LOS CABALLOS DE MI TÍO
(n.º 38)
Gonzalo Moure

LA GUÍA FANTÁSTICA
(n.º 39)
Joles Sennell

UN CESTO LLENO DE PALABRAS
(n.º 42)
Juan Farias

LAS BOTAS ROJAS
(n.º 45)
Karlos Linazasoro

ÓYEME CON LOS OJOS
(n.º 54)
Gloria Cecilia Díaz

CON LOS PIES EN EL AIRE
(n.º 62)
Agustín Fernández Paz

POM... POM... ¡POMPIBOL!
(n.º 68)
Javier Sáez Castán

PALABRAS DE CARAMELO
(n.º 72)
Gonzalo Moure

TIEMPO DE MISTERIOS
(n.º 74)
Manuel L. Alonso

LA GÓNDOLA FANTASMA
(n.º 78)
Gianni Rodari

UN BRUJO DE SEGUNDA
(n.º 89)
Joles Sennell

EL PAÍS DE JUAN
(n.º 94)
María Teresa Andruetto

EL CALCETÍN SUICIDA
(n.º 96)
Mariasun Landa

EL HOMBRE INVISIBLE
(n.º 113)
Joan de Déu Prats